Copyright © 2014 Afonso Cruz

Publicado por acordo com Editorial Caminho, SA.

Editora
Renata Farhat Borges

Editora assistente
Lilian Scutti

Produção gráfica
Carla Arbex

Assistente editorial
César Eduardo de Carvalho
Hugo Reis

Dados Internacionais de Catalogação na Publicação (CIP)
Angélica Ilacqua CRB-8/7057

Cruz, Afonso
   A contradição humana / Afonso Cruz. — São Paulo:
Peirópolis, 2014.
   il., color.

ISBN: 978-85-7596-335-7

1. Literatura infantojuvenil 2. Contradição 3. Relações
sociais 4. Cotidiano I. Título

CDD 028.5   13-1063

Índice para catálogo sistemático:
1. Literatura infantojuvenil

Editado conforme o Acordo Ortográfico da Língua Portuguesa de 1990.

1ª edição, 2014

Editora Peirópolis Ltda.
Rua Girassol, 128 - Vila Madalena
05433-000 - São Paulo - SP
tel.: (11) 3816-0699 | fax: (11) 3816-6718
vendas@editorapeiropolis.com.br
www.editorapeiropolis.com.br

A CONTRADIÇÃO HUMANA

AFONSO CRUZ

com o devido espírito de

CONTRADIÇÃO

Peirópolis

Percebi, certo dia, que o espelho do meu quarto É UMA grande CONTRADIÇÃO: o meu lado esquerdo, quando refletido, torna-se direito – e o direito, esquerdo –, MAS A PARTE DE CIMA NÃO SE TORNA PARTE DE BAIXO. NEM A PARTE DE BAIXO, PARTE DE CIMA. Acontece o mesmo com o meu gato. – – –

Mesmo quando se vira
O ESPELHO
AO CONTRÁRIO.

Reparei noutras coisas que pareciam impossíveis, apesar de o meu pai me dizer: os cientistas explicam isso tudo. Ontem caminhava com a minha mãe, pelo parque, quando gritei: IMPOSSÍVEL! À minha frente estava um casal de namorados, aos beijinhos.

ERAM 2 MAS SÓ TINHAM UMA SOMBRA

(de tão agarrados que eles estavam.)

Mais tarde, nessa mesma tarde,
a senhora Agnese — amiga da família —
disse-me assim: houve uma altura, ela e o filho

só projetavam uma sombra.
Explicou-me que esse é um dos
SINTOMAS DA GRAVIDEZ.

Depois de me deparar com estas coisas que desafiam a lógica de todo o UNIVERSO CONHECIDO, comecei a observar algo mais curioso ainda. Dentro das pessoas — e isso inclui os vizinhos — HABITAM AS MAIORES CONTRADIÇÕES.

Por exemplo: A minha tia GOSTA MUITO de PÁSSAROS, MAS PRENDE-OS EM GAIOLAS.

É uma pena.

O vizinho do sétimo andar toca piano, canta e nunca desafina.
Tem uns cabelos despenteados e uns dedos mais compridos do que aulas de MATEMÁTICA.
Mas o que realmente me impressiona é que ele

TOCA MÚSICAS TRISTES E ISSO DEIXA-O FELIZ.

chega a chorar de felicidade (eu já vi).

No prédio ao lado vive uma senhora que sabe tudo, TUDO MESMO. Apoiada na vassoura, não há vida que ela não conheça. E tudo o que ela diz é SUSSURRADO aos ouvidos das outras pessoas.

O MEU PAI DIZ QUE AQUILO PASSA TUDO DE BOCA EM BOCA, MAS o que eu sei é o seguinte: DIZ SEGREDOS TÃO BAIXINHO que parece impossível QUE SE FAÇAM OUVIR A TÃO GRANDES DISTÂNCIAS.

O Sr. Gomes é um grande erudito que usa óculos e barba cheia de ondas BRANCAS. LÊ MUITOS LIVROS E TEM UMA coleção de chapéus e um telescópio.

A SENHORA DO PRÉDIO AO LADO, que sabe tudo, não é sábia nenhuma, enquanto o Sr. Gomes, que não sabe tudo (já lhe perguntei), é um grande sábio. UM DIA PUS-LHE ESTA QUESTÃO:

— Sr. GOMES, diga-me, por que é que UMA PESSOA USA ÓCULOS PARA VER AO LONGE

Deve olhar-se sempre para os lados antes de atravessar a rua.
É o que eu faço cada vez que quero chegar
AO OUTRO LADO DA ESTRADA.

É UM MÉTODO QUE RESULTA MUITO BEM.

Mas não deixo de reparar nas outras pessoas.
Algumas são distraídas (como a minha tia que gosta de pássaros),
enquanto outras não, como, por exemplo, o Sr. Oliveira
(que é o administrador do prédio).

ELE OLHA SEMPRE PARA OS LADOS QUANDO ATRAVESSA

A RUA.

MAS NÃO OLHA PARA O LADO QUANDO APARECE UM POBRE.

Provavelmente nunca tem trocos.

Uma das coisas mais ESPANTOSAS é a quantidade de açúcar que a dona Assunção
(VIVE NO SEXTO, POR BAIXO DO PIANISTA)
PÕE NO CAFÉ.

Quando ouve as músicas tristes do vizinho de cima, põe-se a gritar e a bater com a vassoura no teto.
QUANDO SE CONSEGUE ACALMAR, SENTA-SE na salinha,
põe uma toalhinha de rendas na mesinha,

E DEITA UM AÇUCAREIRO NO CAFÉ.

Ninguém tem mais amigos do que a minha prima que vive na Ilha da Madeira, MAS QUANTO MAIS PESSOAS TEM À VOLTA DELA MAIS SÓ ELA SE SENTE. ESTÁ SEMPRE RODEADA DE GENTE, MAS ESTÁ SEMPRE SOZINHA.

É como se vivesse
numa ilha deserta, diz ela.

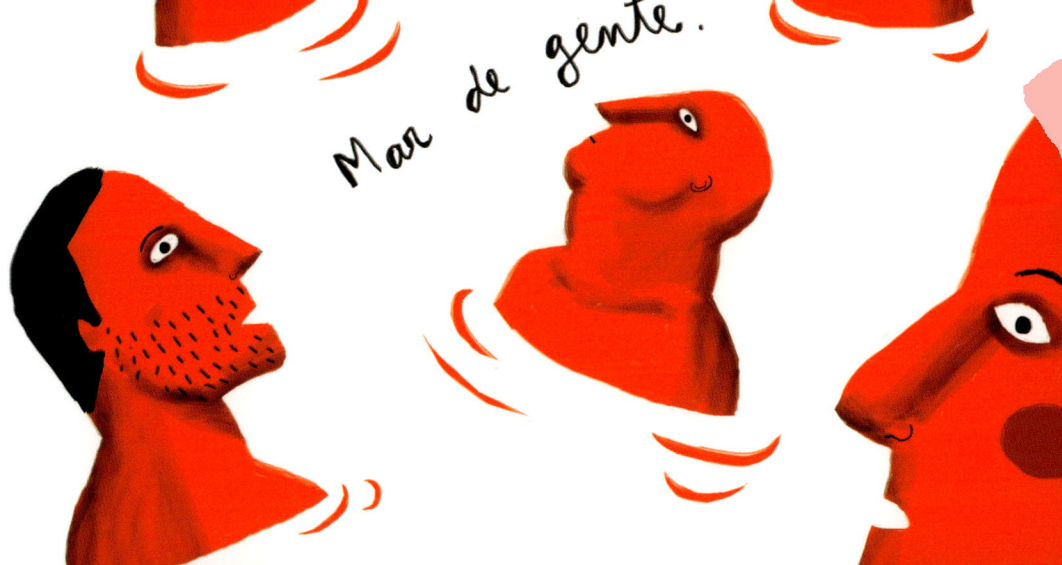

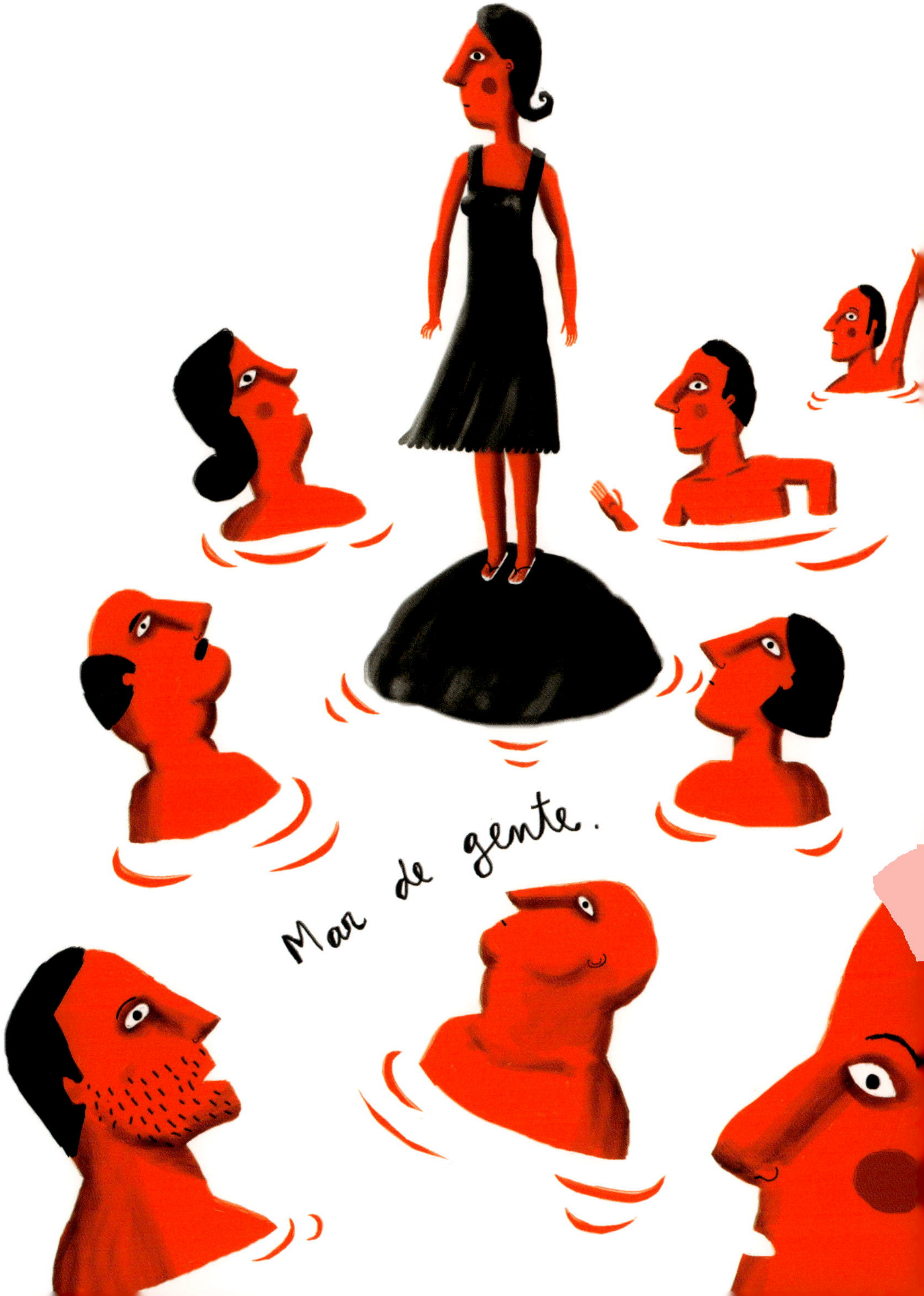

Mar de gente.

Já vos falei do vizinho do sétimo andar que tem uns dedos despenteados e uns cabelos compridos?

É aquele que toca músicas tristes e nunca desafina.

Já a minha tia, a que gosta de pássaros, canta para me adormecer e isso não me **DEIXA** adormecer.

QUANDO FUI AO CIRCO

o meu pai levou-me a ver os leões nas jaulas, por trás da tenda principal, onde, por acaso, estava o domador a lavar as mãos com uma mangueira. O meu pai cumprimentou-o e louvou-o pela coragem de meter a cabeça entre as mandíbulas da fera.

— Isso não é nada — disse o domador de leões e, findo o aperto de mão do meu pai, voltou a lavar as mãos. A mulher barbada, que estava a ver a cena toda, disse assim:

NÃO TEM MEDO DE LEÕES

e outros animais muito grandes, mas

TEM PAVOR DE COISAS MINÚSCULAS.

Micróbios, bactérias, vírus: são as pequenas coisas que fazem a diferença.

A Carlinha é uma menina muito elegante que deixa uma cauda de perfume atrás dela. **MORA NO 1º ANDAR** e sempre que pode gaba-se da firmeza das coxas e da pele cheia de creme francês. PASSA A VIDA **NA ACADEMIA,** MAS É INCAPAZ DE SUBIR UNS LANCES DE ESCADAS. **VAI SEMPRE** de ELEVADOR. Apesar da firmeza das coxas.

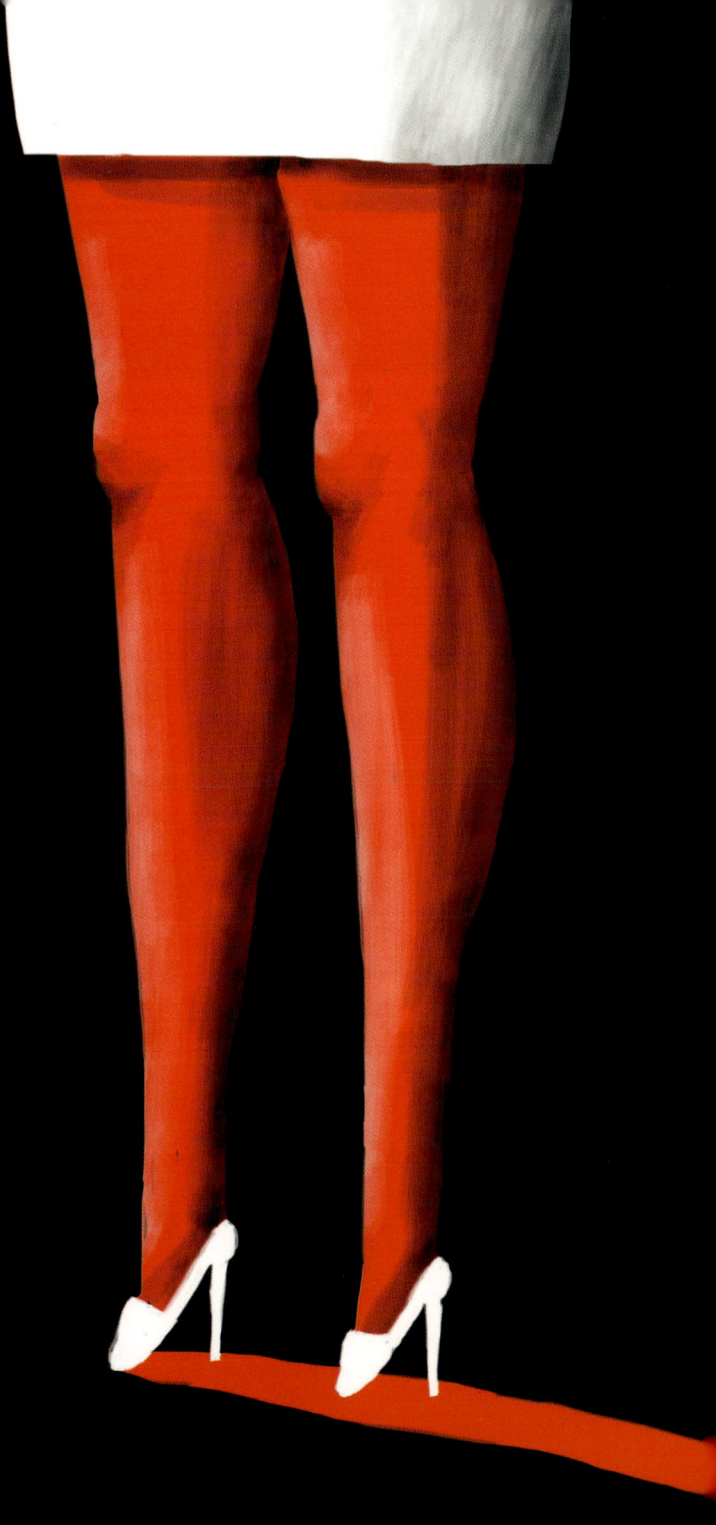

O Sr. Gomes, que lê tantos livros e tem um telescópio para saber o que se passa no céu, POR VEZES NÃO FAZ IDEIA DO QUE SE PASSA **NA TERRA.**

Sabe os nomes das estrelas todas e conhece um número muito comprido, cheio de zeros, que — diz ele — é a idade do Universo. Como se não bastasse saber números tão compridos quanto os dedos do vizinho do sétimo **(O QUE TOCA PIANO),** ainda fala línguas de países extremamente distantes.

MAS JÁ REPAREI QUE NÃO PERCEBE a língua que se fala EM CASA.

O QUÊ?
pergunta ele ao filho de três anos.

AFONSO CRUZ,

além de escrever, é ilustrador, músico, realizador de filmes de animação. Em 1971, na Figueira da Foz era completamente recém-nascido e haveria, anos mais tarde, de frequentar mais de meia centena de países.